Renate Sültz

Geschichten aus dem Alten Berlin

Bibliografische Information durch die Deutsche Nationalbibliothek

Die Deutsche Nationalbibliothek verzeichnet diese Publikation in der Deutschen Nationalbibliografie; detaillierte bibliografische Daten sind im Internet über http://dnb.dnb.de abrufbar.

Heinrich Rudolf Zille (10. Januar 1858 in Radeburg bei Dresden; † 9. August 1929 in Berlin) - war ein deutscher Grafiker, Maler und Fotograf.*

Verlag: BoD · Books on Demand GmbH,
In de Tarpen 42, 22848 Norderstedt, bod@bod.de
Druck: Libri Plureos GmbH, Friedensallee 273, 22763 Hamburg
ISBN: 978-3-7693-7848-1

Ansichtskarten, Eigentum von Paul Sültz, Bad Königsborn

Inhalt:

Vorwort:

Liebe Leserinnen und Leser!

In diesem Buch werde ich das Alte Berlin wieder aufleben lassen. Wahrscheinlich werden Sie sich beim Lesen, genauso wie ich, während des Schreibens in diese Zeit hineinversetzen können.

Die Entwicklung im Laufe der Jahre und der Wiederaufbau nach dem Ersten- und Zweiten Weltkrieg, hat die Unzufriedenheit der Berliner ins Wanken gebracht. Heinrich Zilles Milieu, so nannte der Karikaturist seine Zeichnungen, spiegelte das einfache Leben des Arbeiters wider. Die Zufriedenheit der Menschen, die spielenden Kinder in den Hinterhöfen, konnte nur Zille in seinen Bildern und Geschichten wiedergeben, da auch er eines dieser Kinder war.

Die Blagen (Kinder) der Hinterhoffamilien waren nicht so gestriegelt wie die Provinzler. Doch gerade das schnodderige, unbedarfte Arbeiterfamilien-Leben, machte diese Stadt mit den zahllosen Hinterhöfen einzigartig.

Nun wünsche ich Ihnen viel Freude beim Lesen.

Renate Sültz

Josefines Wunderstimme

Meine erste Kurzgeschichte erzählt von einem jungen Mädchen, welches durch einen Geburtsfehler nicht richtig laufen konnte. Doch ihre wunderschöne Stimme glich dies wieder aus. Sie verliebte sich und wurde eine weltberühmte Sopranistin. Lesen Sie selbst:

Bevor der Erste Weltkrieg ausbrach…

Das Alte Berlin

Das Theater am Kurfürsten-Damm war Berlins Aushängeschild. Von Überall kamen Menschen, nur um die herrlichen Vorstellungen zu besuchen. Josefine war eine junge Frau mit außerordentlichem Talent. Ihre Sopranstimme ließ jeden Besucher dahinschmelzen. Sie war gerade zwanzig Jahre alt und sehr hübsch. Allerdings hatte sie von Geburt an ein steifes Bein, welches sie beim Laufen praktisch mitzog. Doch Josefine strahlte trotz ihrer Behinderung, Lebensfreude und Zuversicht aus. Niemand wusste etwas von ihrem Geburtsfehler, denn sie konnte ihre Beine durch das Tragen sehr langer Kleider verdecken. Leider aber nicht ihren schlurfenden Gang.

Durch ihre traumhafte Stimme und der gleichbleibenden Freundlichkeit, lenkte Josefine die Aufmerksamkeit der Leute in eine andere Richtung. Als sie sich vor zwei Jahren um die Anstellung am Theater bewarb, war man von ihrer Schönheit und ihrem Können angetan. Natürlich bekam sie sofort einen Vertrag. Sie trat regelmäßig als Sopranistin in den schönsten Opernrollen auf. Die Besucher des Theaters liebten dieses Mädchen einfach.

Josefine stammte aus gutem Hause. Sie und ihre Eltern bewohnten ein Herrenhaus in Charlottenburg. Die Zimmer dieser Prachtvilla waren mit viel Liebe zum Detail eingerichtet. Hier fühlte sie sich wohl und

ausziehen kam für Josefine nicht in Frage. Im Theater lief alles gut und es war ständig ausverkauft. Was brauchte sie mehr um glücklich zu sein? Sie sonnte sich in ihrem Ruhm; und ihre Eltern waren mehr als stolz auf sie.

Es vergingen einige Jahre, die Entwicklung Berlins ging rasant weiter und mittlerweile war Josefine eine berühmte und gefragte Künstlerin. Doch das Schicksal war nicht gnädig mit ihr. Ihre Eltern wurden von einem auf den anderen Tag schwer krank. Erst der Vater Baron Bergedorf. Ein Lungenvirus sorgte für seinen frühen Tod. Josefine half dem Personal und den Ärzten mit, ihn zu versorgen und zu pflegen. Ein Sanatorium lehnte der Baron ab. Er wollte im Kreise seiner Familie sterben. Kurz danach wurde auch die Mutter krank und musste versorgt werden.

Wieder verstrichen ein paar Jahre, eine Zeit des Stillstandes ihrer Karriere. Man konnte der immer noch jungen Frau ansehen, dass die Belastungen der letzten Zeit nicht spurlos an sie vorbeigegangen waren. Josefine, mittlerweile nun schon 26 Jahre alt, hatte ihre umwerfende Stimme nicht verloren. Bald sang und spielte sie wieder am Theater, so als ob sie niemals aufgehört hätte. Der Erfolg war allgegenwärtig, doch die Aufführung von Tristan und Isolde würde sie so schnell nicht vergessen.

Während des zweiten Aktes, sie sang gerade ihre Arie, schrie jemand laut durch die Zuschauermenge: „Von der Bühne runter, einen Krüppel wollen wir nicht sehen!" Ein entsetztes Raunen ging durch das Publikum. Dann ertönte wieder der gleiche Zwischenruf: „Hau' endlich ab, wir brauchen Dich hier nicht, hast Du verstanden." Josefine hörte es mehr als deutlich. Total durcheinander rannte sie von der Bühne und schloss sich in ihrer Garderobe ein. Ein lautes Schluchzen war zu hören. Sie beruhigte sich nicht und von einer Sekunde auf die andere, waren all ihre Zukunftspläne und ihr Selbstbewusstsein zerstört.

Schließlich rannte sie Kopflos aus dem Theater. Sie merkte nicht, dass ein junger Mann hinter ihr herging. Er war sehr gepflegt und elegant gekleidet. Der elegante Herr, versuchte Josefine zu beruhigen. „Hallo, Fräulein, bleiben Sie doch stehen, warten Sie, ich möchte mich bei Ihnen vorstellen." Die Sopranistin drehte sich um und traute ihren Augen nicht. Was für ein Mann, dachte sie. Das kann es doch eigentlich gar nicht geben. Seine Schönheit und Eleganz waren kaum zu übertreffen. Sie schämte sich für diese Gedanken und die Röte ihrer Wangen ließen ihr hübsches Gesicht erstrahlen.

Josefine blieb stehen und trocknete schnell mit einem Seidentaschentuch ihre Tränen. Auf keinen Fall durfte dieser Mann sie so sehen. „Ja, ja", stotterte Josefine, „schon gut, aber mit wem habe ich das Vergnügen eigentlich?" Der elegante Herr antwortete: „Ich will mich vorstellen, mein Name ist Konsul Martin Burmeister."

„Regelmäßig besuche ich diese Oper, doch Ihre Stimme hat das innerste meines Herzens freigelegt. Ich hoffe Sie verstehen was ich meine", sagte der Konsul. Josefine war etwas irritiert. Die Situation, in der sie sich befand, fühlte sich an wie ein irrer Albtraum. Am liebsten würde sie sofort daraus erwachen, doch es war viel zu real. Das verzweifelte Mädchen schrie aufgeregt den plötzlich aufgetauchten Herrn an: „Warum laufen Sie mir nach, es kann mir ja doch niemand helfen und zurück gehe ich nicht." „Josefine", sagte der Konsul. „Bitte hören Sie mir einen Augenblick zu. Ich bin der Meinung, dass es schändlich ist, was im Theater geschah."

„Was diesen Menschen dazu bewogen hat, den schlimmen Zuruf zu tun, weiß ich nicht, aber mir ist einiges klar geworden", fügte er hinzu. Er schaute Josefine an und machte ihr begreiflich, dass sie hübsch und sehr talentiert sei. Weiter schwärmte er: „Doch Ihre Stimme, Josefine, ist etwas Außergewöhnliches und sie hat in mir Gefühle erwachen lassen." Bitte machen Sie weiter, nehmen Sie Ihre Arbeit wieder auf. Auf keinen Fall sollten Sie noch einmal Schwäche zeigen, denn das

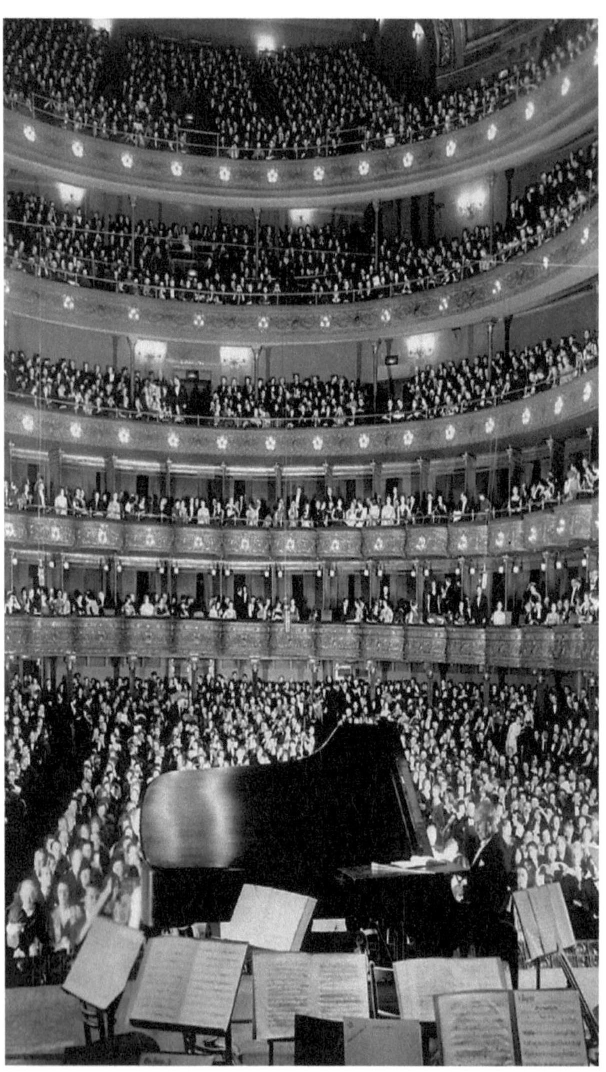

haben Sie wirklich nicht nötig." Der Konsul beruhigte sie weiter: „Nehmen Sie keine Notiz von diesen Menschen, denn sie hassen, weil sie selbst nicht erfolgreich sind."

„Wenn ich Ihnen doch nur glauben könnte", antwortete Josefine. „Josefine, das können Sie und sprechen Sie mich ruhig mit meinem Vornamen an", meinte der Konsul forsch. Die junge Frau grinste verlegen und antwortete: „Martin hört sich ja auch schöner an." Martin Burmeister hatte längst erkannt, dass Josefine behindert ist. Es war ihm vollkommen egal, denn es änderte nichts an seinen Gefühlen für die junge Sopranistin. Fast hätte er sich versprochen und ihr eine Liebeserklärung gemacht. Josefine merkte aber schnell, was er sagen wollte. Sie erklärte Martin, dass sie schon seit ihrer Geburt diese Behinderung hat und bisher gut durchs Leben gekommen sei. Sie berichtete dem Konsul von ihrem gesamten vorigen Leben und wo sie zu Hause ist. „Meine Eltern sind kurz hintereinander gestorben und nun wohne ich allein in dem großen Herrenhaus in Charlottenburg." Konsul Burmeister lud Josefine zum Essen ein. Damit wollte er erreichen, dass sie diesen Vorfall im Theater vergisst

„Sie sind so liebenswürdig und wollen mich aufheitern. Wie soll ich Ihnen das wieder gut machen?" „Ja, dann treffen wir uns morgen um 18 Uhr im Restaurant Unter den Linden", antwortete Martin.

Es war ein herrlich warmer Tag. Die Blüten der Linden gaben einen betörenden Duft frei, der dem Konsul fast die Sinne raubte. Er saß erwartungsvoll in diesem wunderschönen Gartenlokal, süffelte eine Berliner Weiße und dachte an die Frau seines Herzens. Lange schon hatte Martin jeden Auftritt von Josefine verfolgt und ihre Schönheit genossen. Ja, er hatte sich wohl in dieses Mädchen verliebt. Das Josefine nur ein gesundes Bein hatte, war für den Konsul ohne Bedeutung. Er sah nur den wundervollen Menschen in Josefine, den er von ganzem Herzen liebte. Da kam sie nun, die junge Frau. Martin begrüßte sie, galant wie er war, und bat Josefine sich neben ihn zu setzen. „Ist das

nicht ein wundervoller Tag, um sich näher kennenzulernen", bemerkte er mit einem verlegenen Lächeln im Gesicht. Josefine lächelte zurück.

Sie tranken Wein, aber bei einem Glas blieb es nicht. Die beiden lachten den ganzen Abend und waren in einer ausgelassenen Stimmung. Dann nahm der Konsul Josefine vorsichtig in den Arm. Zu mehr Nähe traute er sich noch nicht. Seine Angebetete legte sanft ihren Kopf an seine Schulter. Beide sagten kein Wort, sondern gaben sich ganz der Stille und der wohltuenden Abendluft hin. Worte mussten hier nicht mehr gesagt werden.

Sie heirateten recht schnell, denn Josefine brauchte Martin an ihrer Seite. Sie bekam Anfragen aus vielen Städten und der Konsul war ein ausgezeichneter Beschützer. Das war auch wichtig für sie, denn der Vorfall im Theater vor einiger Zeit, hatte Josefine noch nicht vergessen. Das Paar reiste von Auftritt zu Auftritt und die junge Frau Konsul war ein gefragter Opernstar. Beide zogen irgendwann in das Herrenhaus ein, denn Josefine hatte Sehnsucht nach ihrem alten Zuhause. Mit all ihrem Herzblut richtete sie, als ihre Eltern noch lebten, das Haus ein. Sie ließen ihr dies bezüglich alle Freiheiten. Nun ja, was sollte Martin denn machen, als sich den Gegebenheiten anzupassen. Er verkaufte sein Haus und beide wohnten bis zu ihrem Tod mit ihren Kindern im alten Herrenhaus von Josefines Eltern.

Das „Alte Berlin" und die kleine Schneiderei am Potsdamer-Platz

Vor dem Ausbruch des Ersten Weltkrieges existierte ein besonderes Nähstübchen am Potsdamerplatz. Dort waren Harmonie und familiäres Ambiente das Wichtigste. Die Kundschaft bestand ausschließlich aus Damen des Adels und gutsituierten Leuten allgemein. Überhaupt war diese Zeit die schönste. Die Mentalität der Menschen, gespickt mit dem Humor des Berliners, war unübertrefflich.

Der alte Leierkastenmann schob immer mit guter Laune seinen Wagen durch die Straßen. Auf den Hinterhöfen spielte sich das Leben hauptsächlich ab und klein Erna hörte verträumt zu, wenn Emil die Kurbel des Musikkastens drehte. Ja, das waren noch Zeiten des Glücks und der Zufriedenheit.

Konstanze Meinrad musste schon in jungen Jahren für ihren Unterhalt sorgen. Ihre Eltern besaßen einen Schneiderladen, der den beiden recht viel Spaß machte. Die Eltern übten den gleichen Beruf aus. Durch einen tragischen Unfall verlor Konstanze ihren Vater und auch die Mutter. Von einen auf den anderen Tag ist alles still geworden am Potsdamer-Platz. Das Lädchen war nun ohne jegliches Leben. Konstanze Meinrad interessierte sich von Kindesbeinen für die Schneiderei und jede Minute stand sie neben ihren Eltern, wenn diese wieder einen Auftrag erledigen mussten. Schon mit 12 Jahren nähte sie, unter der Aufsicht des Vaters, ihr erstes Kleid. Er war nicht streng, im Gegenteil er wollte, dass das Talent seiner Tochter, ihr eines Tages Erfolg und Ansehen brachte.

Sie erlernte dieses Handwerk von Grund auf und konnte kaum abwarten, ihren eigenen Laden zu eröffnen. Nach dem Tod der Eltern übernahm sie das Geschäft. Es war sehr hart für sie, denn Konstanze musste Trauer und den Aufbau ihrer Existenz unter einen Hut bekommen.

Das Schild über dem Eingang mit der Aufschrift - ***SCHNEIDEREI THEO UND SOPHIA MEINRAD*** *- ließ sie selbstverständlich so, wie es war. Es verging eine gewisse Zeit, bis die junge Frau den Mut fasste, etwas zu ändern.*

Konstanze sah sehr hübsch aus in ihrem neuen Kleid. Der Jugendstil hatte gerade die Modewelt auf den Kopf gestellt. Ausladende Reifröcke und Kostüme, sowie überdimensionale Hüte, waren der letzte Schrei. Die junge Schneiderin hatte Schwierigkeiten ihren weiten Rock zu fassen, schaffte es aber dann doch in die wartende Kutsche einzusteigen. Die Zeit drängte, da sie dringend in ihr Geschäft musste. Nun hatte sie einen eigenen kleinen Laden und bis vor ein paar Wochen kamen noch recht viele Aufträge herein. Doch plötzlich war es still geworden. Konstanze Meinrad musste Geld verdienen, für ihre Angestellten und für sich. Sogar Otto von Bismarck hatte damals bei ihren Eltern schneidern lassen. Doch solch prominente Leute werde ich wohl nicht zu meinen Kunden zählen können, dachte Konstanze. Trotzdem sprachen sich ihre Nähkünste schnell herum, denn schließlich war die Schneiderei Meinrad am Potsdamer Platz wohlbekannt. - Die junge Konstanze war verzweifelt. Sie selbst hatte nur eine kleine Hinterhofwohnung und jeden Pfennig steckte sie ins Geschäft. Die Konkurrenz war groß, doch sie wollte etwas erreichen. Das Schneidern machte ihr Spaß und forderte sie heraus, etwas Besonderes zu schaffen. Doch bis dahin sollte noch etwas Zeit vergehen, denn zuerst musste sie herausfinden was den Leerlauf in ihrem Laden hervorgerufen hatte.

Konstanze war Meisterin ihres Fachs und musste noch drei Mitarbeiterinnen bezahlen, die im Abstand von zwei Wochen ihren Lohn bekamen. Alle waren auf das Geld angewiesen und bemühten sich, für ihre Vorgesetzte, das Beste zu geben. Das taten sie, denn die junge Chefin war wie eine Schwester und Mutter zu ihnen.

Am Potsdamer Platz angekommen, da wo sich Konstanzes kleine Nähstube befand, wartete sie noch einen Moment in der Kutsche. Gerne wär

sie schnell in ihren Laden gestürmt, aber es geschah etwas, was sie unbedingt aus der Ferne beobachten musste. Konstanze bat den Kutscher noch ein paar Minuten zu warten.

Sie sah, wie ein gutgekleideter junger Mann ihr Geschäft verließ. Der Anblick machte sie stutzig. Wie lange schon war es her, dass solch feines Klientel ihre Nähstube betrat, dachte die junge Frau. Sie stieg nun vorsichtig, wie immer, aus der Kutsche. „Konstanze, Konstanze, was denkst Du wer eben hier war?" Lotte konnte vor Aufregung kaum einen verständlichen Satz herausbringen.

„Bitte, langsam, Lotte", sagte Konstanze, doch Lotte war so freudig erregt und vergaß völlig Hochdeutsch zu sprechen. Im schnodderigen berlinerisch rief sie: „Es scheint ein Adeliger zu sein, ein feiner Herr, denn er war in teurer Seide gekleidet." Eifrig erzählte Lotte, dass der Mann eine große Menge Gardienen und Brokatvorhänge bestellte. In drei Wochen will er sie fertig genäht abholen lassen. „Er stellte sich mit Baron Freiherr von Beck vor", sagte Lotte mit glühenden Wangen, die von der Aufregung plötzlich ihr Gesicht verzierten. „Eine großzügige Anzahlung von 200 Mark legte er sofort auf die Ladentheke", ereiferte sie sich.

Gespannt wartete sie auf die Reaktion ihrer Chefin. Sie achtete auf jede Regung in Konstanzes Gesicht. „Nun ja, es wird verdammt knapp, die Stoffe habe ich nicht so herumliegen, ich muss sie schriftlich oder per Telegramm bestellen", sagte Konstanze. Doch sie erinnerte sich an eine befreundete Familie in Paris. Sie besaßen eine große Weberei und bezogen feinste Stoffe aus Indien. Regine Belmont hatte ungefähr das gleiche Alter wie Konstanze. Sie kümmerte sich mit ihren Eltern zusammen um das Geschäft. Theo und Sophia Meinrad zählten damals zu ihren Stammkunden.

Sogleich setzte sich Konstanze hin und schrieb ihrer Freundin Regine einen langen Brief. „Ach ja, ehe ich es vergesse Lotte, hat der Kunde

gesagt, wo er wohnt?", fragte Konstanze ihre Angestellte. Lotte antwortete verlegen: „Schloss Britz." Konstanze kam aus dem Staunen nicht mehr heraus und sagte: „Ein Wunder ist geschehen, Lotte, jetzt kann ich mir endlich eine neue, moderne Nähmaschine kaufen."

„An welche hat denn meine Chefin gedacht?", schmunzelte Lotte.

„Natürlich eine Singer, meine Gute", sagte Konstanze. Beide mussten herzlich lachen und Lotte kochte erst einmal einen Kaffee für alle.

Mit der Anzahlung, die recht großzügig ist, kann ich fast alles, was ich brauche, sofort bezahlen", sagte Konstanze. Wir werden pünktlich liefern", strahlte die junge Schneiderin. Sie benötigte feinste Seide und Brokatstoffe. Konstanze konnte nicht auf Antwort warteten und fuhr am nächsten Tag mit dem Zug nach Paris. Eine lange Fahrt begann. Mit dem Luxuszug Nord-Express, den sie sich einmal im Monat leisten konnte, war sie nun ca. 5 Tage unterwegs. Konstanze genoss die lange Bahnreise, denn das Essen im Speiseabteil war vorzüglich und die meiste Zeit verschlief sie.

Mit Regine war die junge Unternehmerin schon einige Jahre befreundet. Außerdem wollte sie selbst die Ware aussuchen und bestellen. Regine begrüßte ihre Freundin herzlich und beide gingen sofort in die Weberei. „Wir haben vor ein paar Tagen schöne Seiden- und Brokatstoffe aus Indien bekommen", sagte Regine. Konstanze freute sich riesig, denn sie wollte diesem Freiherrn von Beck das Beste bieten. Auf ein paar Mark kam es wohl bei ihm nicht an. „Wie geht es Dir denn so Regine?", fragte Konstanze ihre Freundin. „Gut, ich führe mit meinen Eltern das Unternehmen hier. Theo und Sophia Meinrad waren mit den Belmonts befreundet und kauften regelmäßig ihre Stoffe hier ein. Konstanze blieb noch ein paar Tage und fuhr dann zufrieden wieder nach Berlin zurück. Wieder verschlief sie fast die ganze Fahrt nach Berlin.

Die Ware kam eine Woche später an und wurde sofort dort per Boten in die Schneiderei gebracht. Jetzt ging es sofort los. Die Stoffballen flogen hin und her, es wurde gemessen und genäht. Alles musste genau sein. Konstanze konnte sich momentan in ihrer Lage keinen Fehler erlauben. Keine von den Mädchen durfte sich einen Patzer oder Verschnitt leisten, denn die Stoffe waren edel und recht teuer. In den letzten Wochen blieben auch ihre Stammkunden weg. Noch nicht einmal etwas Garn oder Wolle wurde verkauft. Konstanze führte es auf die momentanen Ängste der Menschen zurück. Viele hatten Angst vor einem Krieg. Die junge Frau bekam dies immer deutlicher mit, wenn sie zum Wochenmarkt ging. Dort wurden sämtliche Themen öffentlich debattiert und zerpflückt. Konstanze konnte die Angst der Menschen nicht nachvollziehen. Sie war noch zu jung. Mit gerade mal 25 Jahren dachte sie nicht über Politik nach, sondern lebte den Augenblick. Den Mut zu kämpfen hatte man ihr wohl mit in die Wiege gelegt, denn sie hatte das Gefühl, dass sich alles zum Guten wenden würde.

Das Kennenlernen

Zwei Wochen später ließ Freiherr von Beck die Ware abholen. Gleichzeitig schickte er an Konstanze eine Einladung, um sich für ihre Arbeit zu bedanken. Auf der Einladung las Konstanze die Worte: „Schloss Britz". Ihr ansonsten blasses Gesicht verfärbte sich in ein helles Rosa. So etwas hatte die junge Frau noch nie erlebt. Schon oftmals wurde sie eingeladen, doch noch nie hatte Konstanze ein solches Gefühl dabei entwickelt. Es fühlte sich schon fast so an, als wenn sie in diesen Ewald Freiherr von Beck verliebt wäre. Doch wie sollte das gehen? Persönlich hatte sie ihn noch nicht kennengelernt. Außerdem wusste sie noch nicht einmal wie er aussah. „Doch, ja, natürlich habe ich ihn gesehen und zwar nur von weitem, aber immerhin, schaden kann es ja nicht", dachte Konstanze und bedankte sich mit einem kurzen Brief, den die Boten mit zurücknahmen.

Am darauffolgenden Tag befand sie sich schon in bester Gesellschaft. Emanuel von Beck ließ sie kurz vorher mit seiner Privatkutsche abholen.

Vor einiger Zeit zog er in dieses Schloss und ließ es aufwendig wieder herstellen. Schloss Britz zeigte damals schon die ersten Anzeichen des Verfalls. Die feinen Gardinenstoffe spiegelten seinen vortrefflichen Geschmack und den Sinn für Schönheit wieder. Die junge Schneiderin wurde in den höchsten Tönen für ihre Arbeit gelobt. Doch nicht nur das, ihre Adresse wurde notiert. Viele feine Damen, die zu Gast waren an diesem Abend, wollten sich in Kürze bei Konstanze melden, um für neue Kleider Maß nehmen zu lassen.

Es war schon recht spät, darum machte Konstanze Meinrad immer wieder den Ansatz, sich zu verabschieden. Doch es gelang ihr nicht. Freiherr von Beck wollte immer mehr wissen, ebenfalls seine ältere Schwester, die mit ihm das Schloss bewohnte.

Die junge Schneiderin hatte auch schon mehrere Gläser eines schweren Rotweines genossen, der immer größeren Einfluss auf ihre Gedanken nahm.

Emanuel von Beck merkte, dass es wohl doch etwas zu viel war für Konstanze und verschob seinen Wissensdrang auf ein anderes Mal. Er machte sich Vorwürfe, nicht besser aufgepasst zu haben und sagte: „Ich werde Sie mit meiner Kutsche nach Hause bringen."

Konstanze schämte sich… musste ausgerechnet der Hochadel sehen, wo sie wohnte? In einer schäbigen Hinterhofwohnung... nein, das wollte sie auf keinen Fall. „Ach, Herr von Beck, bis zum Potsdamer Platz ist es ja nicht so weit, das geht schon, wenn ich alleine fahre", meinte sie. „Ungern lasse ich Sie alleine mit der Kutsche durch die Nacht fahren aber wenn sie es unbedingt wollen?"

Sie verabschiedeten sich und der junge Hausherr begleitete sie noch bis zur Tür. Toni, der Kutscher, kam herangefahren und von Beck machte ihm klar, dass er Konstanze heil zu ihrer Wohnung fahren solle. Irgendwie kam es an diesem Abend dazu, dass sie sich gegenseitig das „Du" anboten. Doch Konstanze konnte sich am folgenden Tag nicht mehr daran erinnern.

Einige Tage später trafen die ersten Kundinnen der feinen Gesellschaft wie angekündigt im Nähstübchen, um Maß nehmen zu lassen. Auch hier mussten alle Angestellten des Ladens vollen Einsatz bringen. Das taten sie auch. Die junge Geschäftsfrau konnte sich über Aufträge nicht beklagen, das war auch gut so. Sie konnte nun die Löhne wieder pünktlich zahlen und nach langer Durststrecke atmete Konstanze endlich wieder auf. Eine dringend benötigte neue Nähmaschine konnte sie sich endlich anschaffen.

Nur einige Woche später kam Freiherr von Beck wieder in die Schneiderei. Sein fester, fast schon stampfender Schritt, ließ es plötzlich still werden im Laden. Er rief nicht gerade leise: „Konstanze, Konstanze, ich bin es, Emanuel!" Sie hörte ihn nicht, denn sie war zu tief damit beschäftigt, ihre neue Nähmaschine auszuprobieren. Doch von Beck gab keine Ruhe und rief wieder ihren Namen. Endlich kam sie, war aber nicht erfreut. Sie hatte es nicht gerne, wenn wichtige Näharbeiten unterbrochen wurden, außerdem hatte sie keinen Gedanken mehr an ihn verschwendet.

Konstanze konnte sich wirklich nicht daran erinnern, ihm das „Du" angeboten zu haben. Sie entschuldigte es mit dem Weingenuss in von Becks Schloss. „Nun ja, tragisch ist es nicht", dachte sie. Sie hegte ja eine gewisse Sympathie für Emanuel, außerdem mochte sie seinen Namen. Mein Gott, hoffentlich merkte niemand, dass ihr die Verlegenheitsröte im Gesicht stand.

„Ich konnte es nicht abwarten und dachte, dass Sie vielleicht jetzt schon Zeit hätten? ... Ich, äh, offen gestanden, bin ich etwas ungeduldig", sagte der junge Freiherr. Er schaute Konstanze an, sein verliebter Blick löste in ihr wieder dieses eigenartige Kribbeln im Bauch aus. Sie wusste nun, dass sie Emanuel liebte.

Geschickt lud er sie ein, mit ihm eine Bootsfahrt zu machen. Der Langen See war ideal dafür. Außerdem befand er sich nicht weit vom Schloss entfernt. Die herrliche Seenlandschaft, nutzten beide noch für einen Spaziergang. Nur so konnten sie mehr voneinander erfahren.

„Wie schön doch diese Stadt ist, siehst Du es auch so, Emanuel?", fragte Konstanze. Sie schaute ihn an und musste feststellen, dass er mit seinen Gedanken woanders war. „Ja, ja", antwortete er etwas verspätet und endschuldigte sich für seine Unaufmerksamkeit. „Ich denke unentwegt an Dich, obwohl Du neben mir her gehst", antwortete der Adelsmann mit seiner leisen und sanften Stimme. Eigentlich passte

diese Stimme gar nicht zu seinem festen, robusten und stampfenden Gang. Es passt ja vieles im Leben nicht richtig zusammen. Von Beck legte seinen Arm um ihre Schulter und sie legte ihren Kopf auf seinen Arm, als wenn sie es schon immer getan hätte.

„Es ist spät geworden und ich muss morgen den Laden sehr früh aufschließen, die Mädchen brauchen meine Hilfe, sonst schaffen wir die aufgelaufenen Näharbeiten nicht rechtzeitig fertigzustellen", stellte Konstanze fest. „Geht in Ordnung, schöne Frau, ich fahre Dich nach Hause", antwortete Emanuel.

Sie ließen sich mit seiner Kutsche bequem zum Potsdamer Platz bringen. Der Abschied blieb neutral und nicht ungestüm, wie sich junge Verliebte meistens verabschieden. Konstanze war dies recht angenehm, denn sie wollte nicht unbedingt die Blicke der Leute auf sich ziehen. Konstanze Meinrad öffnete den Laden und machte schon mal die Nähmaschinen flott, legte das Garn ein, wechselte die Spulen und Nadeln aus und suchte den wichtigsten Auftrag heraus. Baronin Längerichs hatte sich ein weites Kleid bestellt, welches sie für die Hochzeit ihres Sohnes benötigte. Am Morgen wollte sie zum Maßnehmen erscheinen. Konstanze musste dieses Kleid mit einem Schnitt versehen, der ihre viel zu üppigen Rundungen umspielte, denn gerade bei der Baronin musste sie äußerste Sorgfalt walten lassen.

Nun ging sie durch den hinteren Eingang heraus, über den Hof kam sie zu ihrer bescheidenen, kleinen Zwei-Zimmerwohnung. Doch es war ihr Reich, in dem sie trotzdem glücklich war und jetzt erst recht. Sie dachte über sich und dem Freiherrn nach. Sicher, sie konnte nicht leugnen, dass sie ihn liebte, aber sie war doch glücklich mit ihrer kleinen Nähstube. Die Mädchen waren ihre Familie und von hier weggehen wollte sie für kein Geld der Welt. Konstanze fühlte sich verloren, sie wollte ihre Freiheit nicht aufgeben, sie konnte auch die Mädchen nicht im Stich lassen. Die junge Schneiderin beschloss mit von Beck Schluss zu machen.

Beruf GEBHART Freizeit
Konstanzes
Schneiderei

Frisch und ausgeruht, wie immer, öffnete sie am Morgen den Laden. Lotte war auch schon da, denn sie ist ihre rechte Hand. „Guten Morgen, allerseits, seid Ihr bereit eine alte Baronin mit Nadeln zu quälen!", rief Baronin von Längerich mit singender Stimmlage in den Laden. Konstanze freute sich über die gute Laune und Unbedarftheit der älteren Dame und ging ebenfalls gut gelaunt ans Werk.

Wochenlang meldete sich Emanuel nicht. Die Restaurationsarbeiten im Schloss wollten einfach kein Ende nehmen. Konstanze war so beschäftigt, dass sie schon fast den Freiherrn vergaß. Doch das Schicksal hatte etwas anderes für sie geplant.

„Baronin von Längerich, darf ich Sie bitten, ihren Bauch etwas einzuziehen, sonst könnte ich sie eventuell piksen", sagte Lotte forsch. Die Baronin hatte Humor und versuchte ihr Bestes zu geben. „Ich bitte Sie, nehmen Sie Lottes Worte nicht ernst Frau Baronin", entschuldigte sich Konstanze. Die edle Dame lachte nur und meinte: „Nein, Nein, ich weiß doch wie Lotte es gemeint hat."

Die Damen hatten ihren Spaß mit der Baronin und ein freudiges Gelächter drang aus der Nähstube. In mitten dieser fröhlichen Runde platzte ein Klingelton und ein fast schon elefantenartiges Stampfen, welches ja nur die Schritte vom Freiherrn von Beck sein konnten. Konstanze betrat den Ladenraum und plötzlich waren alle guten Vorsätze wie weggeweht. „Was kann ich für Dich tun, Emanuel?", fragte sie zurückhaltend. Er wusste nicht recht, wie er beginnen sollte und lud sie ein, mit ihm nach Luisenstadt zu fahren. Hier wolle er mit ihr ein Theater besuchen. „Schon wieder eine Einladung", dachte Konstanze, hier stimmt doch was nicht." Emanuel ich habe sehr viel zu tun und die Mädchen will und kann ich nicht alleine hier arbeiten lassen", meinte sie.

Emanuel erzählte ihr, dass in Charlottenburg der Wohnungsbau floriert und dass er Konstanze dort eine Wohnung besorgen würde. Sie käme so

Schulhof.

in eine bessere Umgebung und raus aus dem Hinterhof. „Sicher magst Du es gut meinen, aber leider muss ich nein sagen", antwortete sie. „Wie stellst Du Dir das eigentlich vor, Emanuel, dass man einfach einen Menschen irgendwo aus seinem Zuhause wegholen kann, ohne jegliche Emotionen?" Konstanze machte ihm klar, dass sie ihre Heimatstadt und den Laden ihrer Eltern niemals aufgeben werde. Schließlich sagte sie doch zu mit ins Theater zu gehen aber ansonsten wolle sie nichts mehr hören.

Das Schicksal schlägt zu

Zwei Tage später fuhren sie mit Emanuels Privatkutsche nach Luisenstadt. Das Zentral Theater dort war damals für seine unvergleichlich schönen Aufführungen bekannt. Sie traten ein und staunten nicht schlecht über die prunkvolle Ausstattung schon im Eingangsbereich. Seinem Stand entsprechend ließ Emanuel von Beck schon Tage vorher eine Loge reservieren. Konstanze trug eines ihrer besten Kleider. Cremefarben das Kleid mit einem leichten Ausschnitt im Brustbereich. Die rechte und linke Naht wurde von goldfarbenen Knöpfen verziert. Dazu trug sie ein Bolero in weinrot.

Die langen blonden Haare, die sie sonst zu einem Knoten zusammenband, fielen lockig auf ihre Schultern. An diesem Abend konnte sich von Beck nicht sattsehen an ihrer Schönheit. Dies merkte Konstanze und je länger sie sich ansahen, desto mehr verschwand der Gedanke an eine Trennung. „Gefällt Dir der Platz, meine liebe Konstanze?" „Ja, sicher, es ist schön hier oben, man kann alles besser übersehen", antwortete die junge Frau. Plötzlich rückte von Beck ganz nah zu ihr und wollte ihre Hand küssen... Konstanze lies es zu. Er zog sie zu sich und küsste sie auf den Mund... sie ließ es zu.

C 6120
REVIVAL
C61 20
SL C61復活号
がんばろう日本!

Regelmäßig trafen sich Emanuel von Beck und Konstanze Meinrad nun. Die kleine Schneiderei lief, dank der Hilfe von den Mädchen, sehr gut. Sie freuten sich mit ihrer Chefin und taten alles für sie. Es zogen viele Menschen in den letzten Monaten zum Potsdamer-Platz und auch sie wurden Kunden von Konstanze. „Lotte, es wurde wohl nie so viel gestrickt, wie in der letzten Zeit", lachte Konstanze. Die Wolle, die sie im Lädchen anbot, war auch von feinster Qualität und schon nach einigen Tagen ausverkauft. Die Straßen ringsumher waren wieder belebt und sogar der Leierkastenmann spielte vor ihrem Geschäft seine Lieder. Gerne kam Konstanze heraus, wenn er seine Orgel drehte und legte ihm ein paar Groschen in seinen Hut. „Wie schön kann doch die Welt sein", dachte sie und lehnte sich zufrieden an ihre Ladentür.

Doch es änderte sich alles viel zu schnell und grausam. Nach wie vor fuhr Konstanze mit dem Zug nach Paris, um Stoffe einzukaufen. Die Aufträge häuften sich und entsprechend oft musste sie die lange Bahnfahrt in Kauf nehmen. Ausgerechnet inmitten des Erfolges geschah das Unfassbare, welches ihr Leben veränderte.

Es regnete und sie musste ihren Schirm aufspannen. Obwohl die junge Frau heftig fror, dachte sie an Emanuel und dem Besuch im Theater. Der Nord-Express fuhr in den Bahnhof ein. Gedankenverloren stellte sich Konstanze viel zu nah an die Gleise. Der Zug fuhr noch. Sie war überhaupt nicht bei der Sache und trat mit den Füßen auf die Gleise. Als Konstanze merkte was geschah, hatte sie der Zug schon erfasst und fuhr über ihre Füße. Es war grausam. Zum Glück sah das ein Bahnhofssanitäter. Er leitete eine Ersthilfe-Station dort. Sofort kam er angerannt und trug mit einem freiwilligen Helfer das arme Mädchen in die nächste Kutsche, die am Bahnhofseingang auf Kundschaft wartete.

Auf der Fahrt zum Hospital schrie Konstanze vor Schmerzen und rief immer wieder den Namen von Emanuel. Sie weinte bitterlich, eine Welt brach für sie zusammen. Was sollte aus ihrer schönen Wohnung werden? Die Schneiderei? Sie hatte ihren Eltern versprochen, den Laden

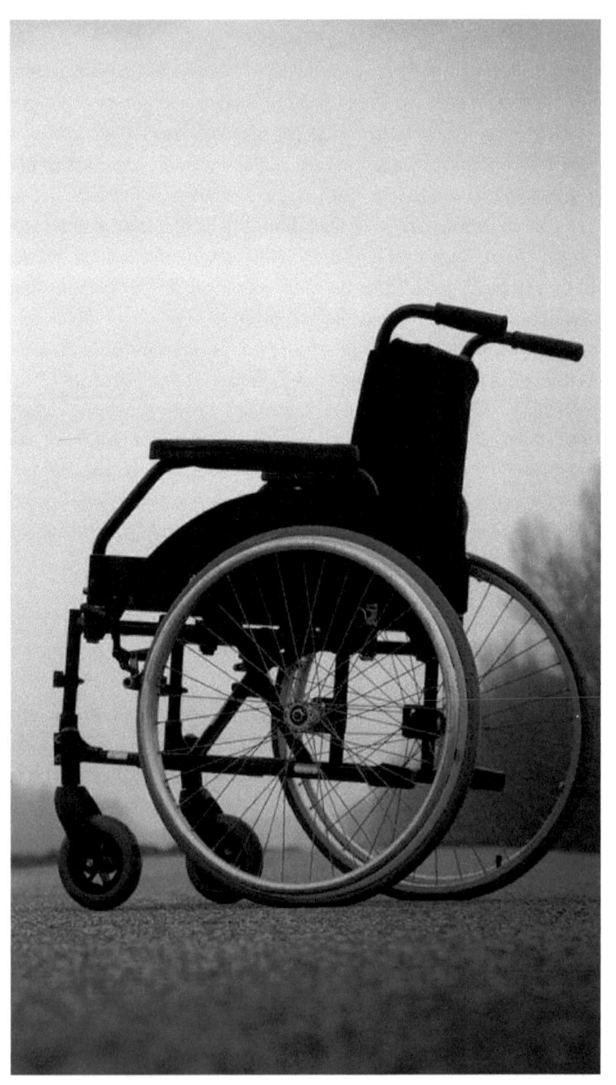

weiterzuführen. Was sollte nun aus all dem werden? Im Krankenhaus angekommen wurde Konstanze sofort in den OP gebracht. Der zuständige Arzt untersuchte sie gründlich und kam zu einem Ergebnis: „Fräulein Meinrad, ich kann Ihnen sagen, dass Sie ihre Füße behalten können. Sie müssen nicht entfernt werden. Die Knochenbrüche brauchen einige Zeit zur Heilung und leider kann ich nicht garantieren, ob Sie wieder ein Gefühl darin spüren." Nach der Gabe eines starken Schmerzmittels, antworte Konstanze: „Ich werde kämpfen und stark sein."

„Herr Dr. Brückner, ist es möglich, meinen Angestellten und meinem Verlobten eine Nachricht zu übermitteln?" Die junge Frau war sehr gefasst, als sie diese Frage stellte. „Senden Sie bitte ein Telegramm an Baron Freiherr von Beck. Emanuel Freiherr von Beck, korrigierte sie sich." „Fräulein Meinrad, ich bitte Sie, sich nun zurückzulehnen und etwas zu schlafen, es wird alles erledigt", sagte Dr. Brückner. Das starke Mittel wirkte nun und sorgte dafür, dass Konstanze in einen narkoseähnlichen Schlaf fiel.

Der Aufenthalt im Sanatorium dauerte viele Wochen. Während einer geschäftlichen Besprechung, erhielt Emanuel die Nachricht. Er öffnete diese und ein Schauer lief über seinen Rücken. Mit bleichem Gesicht ging er zum Fenster und schrie seine Traurigkeit laut hinaus. Alle sollten es hören. Als von Beck sich ein wenig gefasst hatte, rief er seine Hausdame Berta: „Bitte packen Sie mir sofort das Nötigste für ein paar Tage ein, ich verreise kurzfristig." Berta konnte die Angst spüren, die Emanuel ausstrahlte, aus diesem Grund stellte sie auch keine Fragen. Sie packte die Tasche und kurz darauf verschwand von Beck.

Das Krankenhaus machte einen beängstigen Eindruck, jedenfalls empfand Emanuel das so. Diese Feststellung nutzte ihm überhaupt nichts, er musste hinein. Er wollte unbedingt seine geliebte Konstanze sehen.

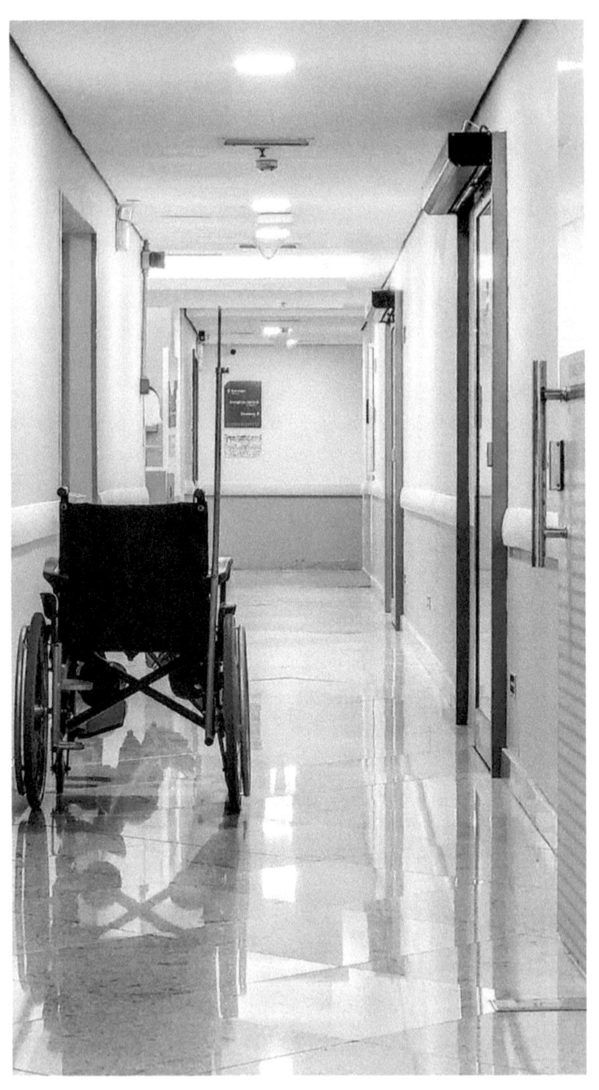

Emanuel musste weinen, noch bevor er das Zimmer betrat. Einen Augenblick wartete er noch und öffnete vorsichtig die Zimmertür.

Konstanze saß im Rollstuhl, den Blick nach vorne gerichtet. Sie schämte sich, keinesfalls sollte Emanuel sie so sehen. Sie bemerkte immer noch nicht, dass er hinter ihr stand. Leise flüsterte der Baron: „ Bitte dreh' Dich einmal zu mir herum, Konstanze." Etwas drehte sie sich zu ihm, aber ganz gelang es ihr nicht. „Ihre Schönheit hatte nicht das geringste bisschen an Reiz verloren", dachte er.

Das brach es aus der jungen Frau heraus: „Meine Seele, mein Körper, mein Beruf, was hat das alles noch für einen Wert?" Zuvor hatte sich Emanuel bei dem zuständigen Arzt nach ihren Verletzungen erkundigt. Er wusste, wie es um sie stand. Beide Füße waren gequetscht und gebrochen, aber Dr. Brückner machte auch gleichzeitig wieder Hoffnung, indem er sagte: „Garantieren kann ich nichts, doch ich habe die Hoffnung, dass Konstanze wieder laufen lernt. Die Heilung der Brüche nimmt viel Zeit in Anspruch. Danach muss das Taubheitsgefühl wieder verschwinden." „Sie denken also, dass sie taube Füße haben wird, ist das richtig, Herr Doktor?", hakte von Beck nach. „Ja, Herr Baron, leider ist es so, aber Ihre Verlobte ist sehr stark, sie wird es schaffen", entgegnete der Arzt.

Er ging wieder auf das Zimmer von Konstanze. Immer noch saß sie mit dem Rücken zur Tür in ihrem Rollstuhl. Konstanze hatte längst die Zukunftspläne, die sie noch bis vor einigen Tagen hatte, verworfen. Emanuel ließ nicht locker und meinte: „Konstanze, ich habe Dich als eine lebensbejahende Frau kennengelernt, bitte gib Dich nicht auf. Ich werde immer an Deiner Seite sein."

„Ich werde die besten Therapeuten konsultieren. Mit Geduld und mit meiner Liebe werden wir es gemeinsam schaffen", meinte Emanuel.

„Emanuel, mein Traum ist zerplatzt und die Mädchen in der Schneiderei, was wird aus ihnen", weinte Konstanze. „Ich kümmere mich um das Finanzielle und Du sitzt weiterhin an der Nähmaschine, es wird sich nichts ändern, außerdem habe ich mich mit deinen Angestellten unterhalten", sagte er. „Wir packen das Problem gemeinsam an und

haben doch schon eine gute Regelung gefunden. Du konzentrierst Dich bitte nur auf deine Genesung", ermahnte Emanuel seine Liebste. Ein monatelanger Kampf begann. Die Therapie war hart, aber erfolgreich, sodass ihre Füße nicht amputiert werden mussten.

Die Erinnerung

Konstanze und Emanuel Freiherr von Beck heirateten ein Jahr später. Im Rollstuhl machte sie immer noch einen phantastischen Eindruck. Die Prognose des Arztes wurde leider nicht wahr. Konstanzes Füße konnten zwar gerettet werden, aber sie blieben gefühllos. Emanuel liebte seine Frau so, wie sie war, mit der ganzen Kraft seines Herzens. Bis zum Kriegsausbruch lebten sie auf Schloss Bricks.

Wenig später starb Emanuel im Alter von nur 35 Jahren an einer schweren Lungenentzündung. Aus der Ehe gingen zwei Söhne hervor, die in den darauffolgenden Jahren mit Konstanze in der Schweiz ein neues Zuhause fanden. Die Schneiderei mauserte sich in der Schweiz zu einem riesigen Unternehmen, welches mit ordentlicher Besetzung der Angestellten, gewaltige Gewinne abwarf. Somit konnte Konstanze ihren Söhnen ein gutes Erbe hinterlassen. Bis zu ihrem Tod führte sie das Geschäft weiter. Konstanze erreichte ein hohes Alter und wenn sie an die kleine Schneiderei am Potsdamer- Platz zurückdachte, lächelte sie glücklich.

Zur Erinnerung an ihre Mutter gingen Siegmund und Fritz von Beck nach dem Krieg nach Berlin zurück. Sie führten das Textilunternehmen ihrer Eltern von Berlin aus weiter. Die Beiden Söhne verstarben relativ früh. Eine Erbkrankheit war die grausame Ursache dafür. Fritz von Beck hinterließ eine Tochter, die zu einer wunderschönen Frau heranwuchs. Ihr Name war Rosa von Beck.

Rosa von Beck

Ihre Anmut und Eleganz stach in besonderem Maße hervor. Sie wurde ihrer Großmutter Konstanze immer ähnlicher. Auch sie besaß die lockigen, blonden Haare und vieles mehr. - Nach dem Zweiten Weltkrieg wurde die Stadt neu aufgebaut. Es entstand ansehnlicher Wohnraum. Berlin war damals ein Anziehungspunkt, denn es siedelten sich immer mehr Menschen, in dieser einst so gemütlichen Stadt an. - Rosas Zeit begann Anfang der Siebziger Jahre. Ihr blieb nur ein vergilbtes Foto übrig, auf dem die kleine Schneiderei zu erkennen war. Davor stand ihre Oma mit einer damaligen Angestellten. Das Schneiderlädchen am Potsdamer Platz war traurige Vergangenheit, denn die Zeit kann man leider nicht aufhalten. Rosa war stolz darauf, erzählen zu können, wer ihre Großmutter war. Sie las viele Bücher vom alten Berlin und aus der Kaiserzeit. Sie sollte das Textilunternehmen in der Schweiz im Namen ihres Vaters Fritz und ihres Onkels Sigmund weiterführen, doch eigentlich hatte sie ganz andere Dinge vor. Josefine erinnerte sich an ihre stolze und schöne Großmutter Konstanze. Immer wieder dachte sie darüber nach, wie hart Konstanze arbeiten musste, um sich und ihre Angestellten ernähren zu können. Nein, sie Rosa erlernte den Beruf der Schneiderin und machte die Meisterprüfung. Womit die junge Frau nicht gerechnet hatte, ihr Herz hing an nostalgischen Dingen. Fast

SINGER

konnte man denken, Konstanze hätte sich durch Rosa realisiert. Auch sie war fasziniert von der damaligen Mode und den kleinen Geschäften, das dicke Kopfstein-Pflaster, die Ruhe, die spielenden Kinder, die mitten auf der Straße ihre Hinkel-Kreise zogen, weil Autoverkehr noch ein Fremdwort war. Rosa wollte ihrer Oma ganz nahe sein und verkaufte das riesige Unternehmen ihres Vaters und des Onkels. Ein Denkmal wollte sie Konstanze setzen und eröffnete ganz in der Nähe des alten Geschäftes, einen kleinen Laden. Eigentlich musste sie nicht arbeiten, denn sie war schon jetzt eine reiche Frau. Mit ihren fast 30 Jahren hatte sie zudem auch noch das gleiche Alter wie Konstanze damals. Über dem Geschäft ließ sie ein Schild anbringen. Es hatte einen besonderen Schriftzug: ***KONSTANZES UND ROSAS NÄHSTÜBCHEN****, denn ihre Großmutter musste weiterleben.*

Großmutter Konstanze musste weiter leben

Rosa baute den kleinen Laden im nostalgischen Look auf. Auch ihr Modeangebot war dermaßen schön, dass sie dabei aber nicht vergaß, den Modestil der 70er Jahre zur Geltung zu bringen.

Frauen und Männer ließen bei Rosa ihre Kleidung nähen. Sie hatte nicht nur die Schönheit ihrer Großmutter geerbt, sondern auch den Geschäftssinn und das Durchsetzungsvermögen. Ein paar Straßen weiter, befand sich schon das kleine Auslieferungslager, welches die bestellten Stoffe schnell in die Schneiderei liefern konnte. Ein Glücksfall für Rosa, denn schon jetzt gingen die ersten Bestellungen und Termine für die Messung des Körperumfangs, für die Anproben, das Aussuchen und Bestellen der Stoffe ein.

GRABMALE

Berlin war jetzt im Wandel der Zeit. Alles wurde moderner und viele große Einkaufscentren wurden errichtet. Schon früh merkte der Einzelhandel die Veränderung. Rosa musste nicht ums Überleben kämpfen, die Auftragslage war gut. Keiner wollte diese riesigen Einkaufsbunker, denn die meisten Menschen liebten die kleinen Geschäfte, und Rosa von Beck ließ sich von nichts und Niemanden von ihren Plänen abbringen. Sie stellte vier Näherinnen ein, die eine vorbildliche Ausbildung hinter sich hatten. Die junge Frau, sah nun voller Zuversicht den kleinen Laden ihrer Großmutter vor sich und die Schaffenslust war erwacht. „Frau von Beck, wir haben sehr viele Aufträge hereinbekommen", bemerkte Klara voller Zuversicht. „Ja, dann hat sich doch das Werbetrommelrühren bezahlt gemacht", antwortete Marga. Die Frauen warteten ungeduldig auf die neue Warenlieferung. „Die Stoffe hätten längst hier sein müssen", schimpften sie laut.

Doch stattdessen betrat ihre Freundin den Laden. Johanna Wirtz hatte mit ihrem kleinen Jungen eine Wohnung über Rosas Laden gemietet, sie war alleinerziehend. Der Vater des Kindes verließ von heute auf morgen seine Familie und kam nicht wieder zurück. Die junge Mutter war sehr verzweifelt und heulte lautstark. Rosa bat sie, mit nach hinten zu kommen, denn die Kundschaft sollte ja nicht verschreckt werden. Sie schaute ihre Freundin an und fragte: „Was ist denn los, liebe Johanna?" Aufgeregt antwortete sie: „Rosa, ich kann nicht mehr, es ist etwas Schlimmes geschehen." „Was ist passiert Johanna und bitte beruhige Dich, soll Danny Dich so sehen?", meinte Rosa.

Die Freundin erzählte von dem Arztbesuch und dem schrecklichen Ergebnis des Blutbildes. Sie sagte ihrer Freundin alles, was auch der Arzt Dr. Krämer ihr erklärte. Rosa blieb die Sprache weg und sie bekam alle Farben im Gesicht. „Ja, Du hast richtig gehört, ich habe Krebs und nur noch kurze Zeit zu leben." Die Frauen saßen ganz ruhig nebeneinander, stumm und nachdenklich versuchten sie diese Nachricht einzuordnen. „Du ruhst Dich nun aus und ich werde das Kind aus dem Kindergarten abholen, und verspreche mir, dass Du dich gleich in Ge-

genwart des Jungen zusammenreißt, auch wenn es schwerfällt." Rosa brachte Johanna rauf in deren Wohnung.

Sie rief Rosa noch ein paar Worte hinterher: „Was soll nun aus Danny werden, wenn ich nicht mehr da bin?" Wieder weinte sie ohne Unterlass. Rosa wollte ihr noch etwas zurufen, doch sie blieb ruhig. Sie ging hinaus und fuhr Danny abholen. Das Kind kannte Rosa und freute sich, als sie kam. „Wo ist Mama?", kreischte er in einer noch unverständlichen Aussprache. Es war verständlich, dass Danny noch einige Zeit brauchte, denn er war erst drei Jahre alt.

„Deine Mutter war müde und hatte sich hingelegt", sagte Rosa. Sie versuchte so normal wie möglich mit dem Kind zu reden, doch es gelang ihr nur mit sehr viel Disziplin. Daraufhin lachte der aufgeweckte Junge und fuhr mit Rosa nach Hause. Johanna stand am Fenster, sie erwartete die beiden schon und sagte: „Ich bin froh, dass Ihr endlich hier seid." Johannas Stimme klang sehr schwach. Das Kind hatte keine Ahnung von dem, was noch kommen sollte. Denny sprang freudig erregt zu seiner Mutter aufs Sofa. Er wollte mit ihr spielen und bemerkte nicht, wie schwer sie atmete. Die beiden Frauen waren froh, als Danny sich wieder seinen Spielzeugautos zuwandte. „Liebe Rosa, ich spüre wie mir die Zeit davonläuft. Dannys Zukunft ist mir jetzt wichtiger, als alles andere auf dieser Welt, darum will ich mit Dir noch einmal darüber reden." „Ich weiß, was Du mir sagen willst, Hanna, doch wir hatten schon alles besprochen und ich bleibe dabei. Ich werde mich um das Kind kümmern und versuchen, neben meiner Aufgabe als Geschäftsfrau, dem Jungen eine gute Mutter zu sein", antwortete Rosa. Nun musste sie aber schleunigst wieder in ihren Laden. Sie erwartete eine größere Lieferung Stoffe für die zahlreichen Bestellungen ihrer Kundinnen und Kunden.

VLEESVERVOER
ISOTHERM
W.van maanen
TRANSPORTBEDRIJF
TEL. 55
ZWARTEBROEK

Klaras Zeit ist gekommen

Rosas Mitarbeiterinnen, hatten sich schon gut vorbereitet. Mit den neuen Zeichnungen und Schnitten, wollten sie ihrer Chefin zeigen was sie konnten. Keinesfalls durfte Rosa enttäuscht werden. Lotte, Klara, Erna und Marga waren ausgebildete Schneiderinnen, die schon für die eine oder andere Modenschau gebucht wurden.

Die Spedition

„Ich fahre dann los!" rief Frank Schulte durch die recht übersichtliche Speditionshalle der Firma Ramottke. Frank hatte seinen Lieferwagen voll beladen mit Stoffen, die er sofort ausliefern musste. Die Zeit war schon längst überschritten. Zum Glück befand sich die Näherei nur ein paar Meter weiter. Rosa von Beck wartete schon gespannt auf das feine Material aus Kairo und London.

Berlin ist eine moderne Stadt geworden. Viele Straßen aber hatten immer noch das alte Kopfsteinpflaster. Die zwei grausamen Kriege hatten es nicht zerstören können. An Rosas Nähstübchen angekommen, wurden Frank die Stoffballen förmlich aus den Händen gerissen. Klara, die Älteste von den Angestellten war sehr hektisch bei der Sache und schimpfte: „Warum kommen Sie jetzt erst und konnten Sie nicht schneller fahren?" Klara hatte einen etwas plumpen Gang, denn ihr Übergewicht ließ es einfach nicht zu, eleganten Schrittes daher zu gehen. Sie stolperte, als sie zurück zum Laden wollte und landete in Franks Arme. Der junge Mann konnte sich das Grinsen nicht verkneifen und bemerkte: „Na, ist ja doch nochmal gutgegangen."

Klara war zwar etwas verträumt und tollpatschig, aber sie hatte das Herz am rechten Fleck. Zudem lachte sie sehr gerne, dann sah jeder ihre

makellosen Zähne. Man konnte sagen, dass sie eine schöne Frau war. Klara war gerade 25 Jahre jung und sehr ehrgeizig. Bei Rosa konnte sie kreativ sein und ihr Können unter Beweis stellen. Sie war die verträumtere von den vier Frauen und sprach oft davon, dass sie einmal heiraten wolle und mindestens zwei Kinder sollten dazukommen. Ja, das wünschte sie sich. Oft sagte sie: „Ich werde wohl nie den Mann finden, der meiner Vorstellung entspricht."

Frank interessierte sich für Klara

In den Pausen spielte sie gerne mit dem kleinen Sohn von Johanna. Als er damals richtig laufen konnte, hangelte sich der Junge die Treppen hinunter. Wenn dann die Tür der Nähstube aufging, welche nur angelehnt war, wussten die Mädchen ohne hinzuschauen, wer herein kam. Johanna war Rosas Freundin, sie hatte eine Mietwohnung in dem kleinen Haus von Rosa. Das Haus hatte Rosa vom Erlös des Firmenverkaufs bezahlt, aber das viel nicht ins Gewicht, weil ihr Erbe gewaltig war. Die junge Frau hatte ausgesorgt, war ohne Schulden und konnte sich darum auch intensiv um das Nähstübchen kümmern. Am Tag der Stofflieferung staunte Rosa über die exzellente Qualität des Tuches. Die Farbgebung auf den Stoffen beeindruckte sie sehr. Nun konnte es endlich losgehen. Die große Anzahl an Aufträgen musste bewältigt werden, denn schon am darauffolgenden Tag holte die neue Kundin Frau Göring ihr auf Übergröße genähten Mantel ab. „Nun, Mädels, wir müssen tatsächlich die ganze Nacht durcharbeiten, es soll Euer Schaden nicht sein!", rief Rosa den Angestellten zu. „Ich lade Euch alle ins Theater ein und anschließend gehen wir zu Emil Nolte etwas essen", sagte sie. Die Frauen freuten sich über Rosas Angebot und stimmten dem Vorschlag zu.

Alle Kleidungsstücke, die Rosa zusätzlich verkaufte, spiegelten einen Hauch von Nostalgie wieder. Manche Schnitte erinnerten tatsächlich an die Mode aus Konstanzes Zeit. Ihre Großmutter wäre sehr stolz auf sie gewesen. Der Mantel war passgenau genäht worden und Frau Göring strahlte über das ganze Gesicht. Sie sagte: „Wissen Sie, Klara, dass ist der erste Mantel, der mir wirklich steht." Sie bezahlte und ging mit Freudentränen in den Augen aus dem Laden. Nur ein paar Tage später standen viele neugierige Menschen vor dem kleinen Schaufenster des Geschäftes. Einige gingen hinein und schauten sich alles an. Sie bestellten neue Kleidung, kauften Röcke, Blusen, etwas für den Nähkasten zu Hause und vieles mehr. Rosa konnte einfach nicht glauben, was an einem Tag in ihrem Laden los war und rief die Mädchen zusammen.

„Habt Ihr noch Worte dafür, was sich heute hier abgespielt hat?" „Nein, es war ein Wunder oder besser gesagt ein Kaufwunder", entgegnete Marga. „Da hatte garantiert meine verstorbene Großmutter etwas mit zu tun", lachte Rosa. Ein erfolgreicher Tag in der kleinen Nähstube von Rosa und Konstanze ging zu Ende.

Die Mode der siebziger Jahre war vielfältig und bunt. Der Minirock war sehr angesagt. Auch für dieses Kleidungsstück hatte Rosa schöne Ideen. Für das Ausstellungsfenster lies Konstanzes Enkelin Probeexemplare nähen. Kaum ausgestellt, rannten die jungen und die älteren Damen in die kleine Nähstube und ließen Maßnehmen. Es wurde alles aus feinsten Stoffen von Rosas Mädchen angefertigt. Kleidung von der Stange gab es hier nicht. Da betrat Frau Althoff den Laden und sie strahlte vor Freude.

„Hallo, meine Lieben, heute hole ich meine Kleider ab und natürlich auch die kurzen Röcke, die noch nachträglich genäht wurden. Außerdem bin ich in Spendierlaune, ich habe für alle Mädels Kaffee und Kuchen mitgebracht." „Rosa bedankte sich und machte sie sogleich darauf aufmerksam, die Sachen noch einmal anzuprobieren." „Ja natürlich sagte Frau Althoff, ich gehe in die kleine Kabine neben dem Büro-

eingang." „Die Mädchen konnten sich das Lachen fast nicht verkneifen, denn Frau Althoff brachte immerhin 130 kg auf die Waage. Nun ja, sie quetschte sich in die Kabine und hing plötzlich fest. Die korpulente Kundin konnte sich weder nach rechts, noch nach links bewegen. „Hilfe, Rosa, bitte helfen Sie mir hier raus, ich habe mich wohl ein wenig überschätzt", Frau Althoff bekam einem hochroten Kopf, so sehr schämte sie sich. Die Kleider werden schon passen, denn schließlich haben wir meinen Umfang, mehr als einmal vermessen. Nun musste die schon über 50 Jahre alte Dame selbst lachen.

Am nächsten Morgen klingelte das Telefon im Büro von Rosa. Johanna war dran. „Ich brauche dringend wieder Deine Hilfe, Rosa." Sie berichtete von einem Schwächeanfall und starken Schmerzen, mit denen sie zu kämpfen hätte. „Rosa, kannst Du noch einmal Danny vom Kindergarten abholen?", fragte sie mit weinerlicher Stimme. Fast ungehalten antwortete Rosa: „Hanna, Du weißt doch, dass ich immer für Dich da bin, aber gerade jetzt in der Aufbauphase des Ladens, läuft mir die Zeit weg. Die Aufträge stapeln sich. Nun gut, ich hole ihn ab, aber auf Dauer, müssen wir eine andere Lösung finden." Johanna antwortete nicht, so sehr war sie über diese Aussage geschockt. Auch Rosa, tat es hinterher leid. Wie konnte sie nur so zu einer schwerkranken Frau sprechen?

Am folgenden Tag klingelte es abermals sehr schrill. Rosa erschrak und dachte sofort an Johanna, doch es war Frau von Weller, die brauchte einen Termin zum vermessen ihrer Kleidergröße. Die junge Geschäftsfrau atmete erst einmal erleichtert durch. Die Kundin war schon eine Frau fortgeschrittenen Alters, doch auch sie wollte noch einmal die bunte Mode mitmachen. Na, ja, Rosa wusste schließlich wie sie ihre Ware präsentieren musste. Sie traute ihren Ohren kaum, als Frau von Weller folgendes sagte: „Frau Beck, ich möchte, dass Sie mir einen lindgrünen Stoff herauslegen. Er soll für meinen neuen Hosenanzug verarbeitet werden. Dieses Grün törnt mich ganz schön an." Ihre Stimme war etwas undeutlich. „Ist was mit Ihnen Frau von Weller oder

Kaugummi
Piratenringe

warum reden Sie so verschwommen?", meinte Rosa. „Och, ich hab gerade die neueste Kaugummisorte im Mund und jetzt klebt sie an meinem Gebiss fest", entgegnete die fast siebzigjährige Dame. Rosa hatte das Telefon auf laut gestellt, sodass alle Frauen mithören konnten. Ein kräftiges Gelächter brach augenblicklich aus und Frau von Weller hatte es geschafft, etwas Abwechslung in den Alltag der Damen zu bringen.

Johanna hatte ein paar Tage später wieder einen Schwächeanfall. Rosa verlies sofort den Laden, nachdem sie den Notarzt rief. Danny musste schnellstens vom Kindergarten geholt werden. Er durfte auf keinen Fall wissen, wie schlecht es seiner Mutter ging. In der Zwischenzeit kümmerte sich Klara um den Arzt und führte ihn zu Johanna. Den Kleinen Kerl ließ Rosa erst einmal bis Ladenschluss unten. In der Nähstube hatte Rosa einen kleinen Küchenblock einbauen lassen.

Da der Kühlschrank für die Frauen stets gut gefüllt war, konnte sie für Danny etwas kochen. Oben in ihren Wohnräumen wär es für den Jungen langweilig geworden, denn mittlerweile hatte das Kind fast seine gesamten Spielsachen unten.

Nachdem der Arzt bei Johanna war, vergingen ein paar Tage. Wieder klingelte das Telefon und Klara nahm den Hörer ab. „Rosa und Konstanzes Nähstube, guten Tag." Meldete sie sich. Johanna bat wieder einmal um Hilfe. Fast täglich mussten Rosa und die Mädchen etwas für Johanna tun. Es ließ sich fast nicht mehr mit der Arbeit unter einen Hut bringen. Immer wieder klagte Johanna den Mädchen ihr Leid und bat um Hilfe. Obwohl Rosa sehr verärgert war über die laufenden Störungen ihrer Freundin, bemühte sie sich, einen beruhigenden Tonfall in ihre Stimme zu legen. Sie brachte Johanna dazu, dass Weinen einzustellen. „Nun gut, es geht ja nicht anders, also müssen wir das Beste daraus machen", sagte sie. „Wir werden das Kind abholen, für ihn kochen und den Kleinen solange unten behalten, bis es Dir besser geht", meinte die Chefin.

Danny freundete sich hauptsächlich in der nächsten Zeit mit Klara an. Sie konnte mit Kindern gut umgehen. Mit Freuden beobachtete Rosa, diese Entwicklung.

Ein gefährliches Hobby

Rosa hatte ein teures und gefährliches Hobby. Sie fuhr mit ihrem neuen Motorboot zu verschiedenen Veranstaltungen außerhalb Berlins. Sie wusste zu diesem Zeitpunkt noch nicht, dass ihr dieser Sport eines Tages zum Verhängnis würde. Danny weinte in der letzten Zeit sehr viel. Das Kind merkte, dass es seiner Mutter von Tag zu Tag schlechter ging. Klara und die anderen Frauen mussten ihn immer wieder aufmuntern. Es war Anfang Dezember, als Klara mit Blaulicht ins Krankenhaus kam. Rosa konnte einfach nicht mehr zusehen, wie alles den Bach runter ging.

Im Krankenhaus versuchten die Ärzte Johanna etwas aufzubauen, bevor sie einen langen Untersuchungsprozess einleiteten. Doch sie wurde von Tag zu Tag schwächer. Dr. Hartmann, aus der Radiologie, hatte sich mit Rosa von Beck im Krankenhaus verabredet. Er wollte ihr sagen, wie es um Johanna stand. Die Tür des Sprechzimmers öffnete sich vorsichtig, nachdem Rosa geklopft hatte. „Herr Dr. Sie baten mich, mit Ihnen zu reden?", bemerkte Rosa, indem sie eintrat. „Nun ja, antwortete der Arzt", „eigentlich wissen Sie doch schon, wie es um Ihre Freundin steht Frau, von Beck." Rosa senkte den Kopf, denn ihr wurde alles zu viel. Was sollte sie nur tun? Da war ihr kleines Bekleidungsgeschäft, welches sie zum Andenken an Konstanze wieder aufleben ließ. Dann machte das Schicksal ihr einen dicken Strich durch ihre Lebensaufgabe. Johanna wird sterben, das wusste sie. Der Krebs hatte schon alle wichtigen Organe befallen.

D-22

Ein unschuldiges kleines Kind war dazwischengeraten. Sie musste jetzt handeln, so schnell wie möglich.

Noch ehe der Arzt etwas sagen konnte, verlies Rosa das Zimmer. Kopflos rannte sie zu ihrem parkenden Auto und fuhr nach Hause. Sie fuhr fiel zu schnell durch die Straßen. Was sollte sie nun tun? Konstanze musste wieder leben, dafür hatte sie gekämpft. Doch hatte sie auch versprochen eine traurige Kinderseele zu retten.

Am darauf folgenden Tag rief eine Krankenschwester aus dem Hospital an und teilte Rosa mit, dass Johanna in der Nacht verstorben sei. Nun gab es kein Zurück mehr. Kein Wenn und kein Aber, nichts.

Der Junge hatte sich schon gut eingelebt bei Rosa und Klara. Danny machte die Nähstube zu seinem Kinderzimmer. Zu Klara hatte das Kind ein besonderes Verhältnis aufgebaut, das war auch gut so, denn sie liebte den dreijährigen Wirbelwind über alles. Frank Marottke gehörte die kleine Spedition ein paar Straßen weiter. An diesem Morgen spürte er einen Druck in der Magengegend. Nicht etwa, weil ihm übel war, nein er musste ständig an Klara denken, denn er liebte sie. Wieder musste er Ware ausliefern, aber dieses Mal konnte Klara die Stoffe nicht entgegennehmen. Sie musste sich mit Danny beschäftigen. Das Kind brauchte jetzt besonders viel Aufmerksamkeit. Klara war unabhängig. Sie hatte keine Geschwister und ihre Eltern kamen vor drei Jahren durch einen schweren Autounfall ums Leben. Die junge Frau hatte mit ihren 25 Jahren noch alles, was das Leben zu bieten hatte, vor sich. Ihr Selbstvertrauen und die Bodenständigkeit, machten sie zu der jungen Frau, die sie heute war.

Rosa hatte vorwiegend gut situierte Kunden, denen ein teurer Stoff gerade recht kam. Die Kleider, Röcke und Mäntel, die in den letzten Monaten gefertigt wurden, konnte man schon als Kleidung ersten Ranges bezeichnen. Jedenfalls kamen sie nicht von der Stange. Frank fuhr wieder zu seiner Firma, nachdem er die Stoffe ausgeliefert hatte. Ja,

er liebte dieses Mädchen, welches keine Modelfigur hatte aber ein großes Herz. Auch Klara liebte Frank, doch im Augenblick blieb für die beiden nicht viel Zeit für Zweisamkeit.

Nach langer Zeit rief mal wieder Georg von Beck an. Ein Cousin von Rosa. Er war der Sohn ihres Onkels Siegmund. „Hallo, Fetter Georg, dass Du noch mal anrufst, hätte ich nicht gedacht", säuselte sie verlegen in den Hörer. "Ich habe gehört, dass Du den Motorbootsport sehr liebst", meinte er. Rosa bejahrte dies und wollte gleichzeitig wissen, von wem er diese Information hatte. Es stellte sich heraus, dass Marga vor einigen Tagen einen Anruf entgegen nahm. Georg rief schon einmal an und dabei kamen sie ins Gespräch. Marga plapperte frei heraus, welches gefährliche Hobby ihre Chefin hatte. „Ach so, dann hat Marga schon alles breit getreten", sagte Rosa. „ Ich habe die gleiche Leidenschaft, hab mir vor kurzen erst ein neues Motorboot gekauft", bemerkte Georg von Beck. Am Sonntag sollte auf dem großen Wannsee ein Bootsrennen stattfinden. Rosa hatte dort ihr Boot solange in Obhut gegeben, bis sie es wieder benutzte." Das ist doch großartig Georg, ich freue mich riesig", jubelte sie in den Apparat. Vergessen waren, der Laden, der Junge und alles andere.

Freudestrahlend lief Rosa in die Nähstube, um ihren Angestellten diese Mitteilung zu machen, doch bei keiner der Angestellten konnte sie Begeisterung hervorrufen. Klara machte ein Handzeichen und bat Rosa, sie in den Laden zu begleiten. Dort waren sie ungestört, denn es kam an diesem Abend keine Kundschaft mehr. „Rosa, Sie wissen hoffentlich, dass Sie ein gefährliches Hobby haben", sagte Klara. „Sie haben Verantwortung für sich, den Laden und an erster Stelle für Danny", meinte sie weiter. „Ja, natürlich weiß ich das, was wollen Sie mir eigentlich unterstellen Klara?" Erregt sprach sie weiter: „Ich weiß, was es heißt, Verantwortung zu übernehmen." Klara hatte noch nicht vergessen, was kurz nach der Eröffnung des Geschäftes geschah und sagte: „Sicher, das glaube ich. Jedoch wer für sich selbst keine Verantwortung übernimmt, der tut sich schwer, dies für andere zu tun. Den-

ken Sie mal über meine Worte nach." Klara ging und ließ Rosa mit ihren Gedanken allein, doch sie war längst schon in Gedanken mit ihrem Vetter auf dem Wasser. An dem Abend konnte Klara kein Auge zu tun, sie fühlte sich mies. Die kleine Wohnung von Johanna hatte sie liebevoll eingerichtet und es könnte alles so harmonisch sein, kam ihr in den Kopf. Warum muss einem im Leben alles erschwert werden? Warum begreift man nicht sofort, was das Schicksal einem mitteilen will? Nach der Geschäftseröffnung im letzten Jahr wurde Rosa übermütig. Sie wollte ihren Freunden zeigen, welches teure und gefährliche Hobby sie hatte.

Der Unfall

Am Wannsee angekommen, holte sie ihr Motorboot vom Anlegeplatz hervor. Sie bat ihre Gäste auf der Tribüne Platz zu nehmen.

Für diese Veranstaltungen wurde ein besonderer Schutz um die Tribüne herum gebaut, denn seit einiger Zeit fanden hier diese Rennen statt. Der Motorboot-Sport war gefährlich und unberechenbar. Auch an diesem Abend sollte es Rosa schmerzlich erfahren. Alle schauten auf sie und dem schönen Sportboot. Flutlicht schaltete sich ein, denn es war schon dunkel. Das Wasser leuchtete und glitzerte in dem hellen Licht, Rosa saß in ihrem sündhaft teuren Wasserfahrzeug und drehte den Zündschlüssel herum. Noch eh sie an etwas anderes denken konnte, explodierte der Motor. Rosa flog hinaus aufs Wasser. Zum Glück kam sie nur mit kleinen Wunden davon, doch es hätte auch anders ausgehen können.

Rosa von Beck musste an diesem Abend im Krankenhaus versorgt werden. Sie dachte aber nicht im Geringsten daran, dieses Hobby

aufzugeben, nein, im Gegenteil, jetzt war sie erst recht motiviert, allen zu zeigen wie mutig sie war.

Das Leben ging weiter und Probleme warteten darauf gelöst zu werden.

Es war sehr viel zu tun in dem kleinen Lädchen von Rosa. Die Aufträge flatterten nur so herein und Klara überlegte schon, mit Rosa zu sprechen. Sie wollte vorschlagen, noch eine oder zwei Näherinnen einzustellen. Das tat sie auch. Danny rannte albern und quietschend mit seinem neuen Teddybär durch den Laden. Die Kundinnen liebten den kleinen Jungen und konnten es sich anders nicht vorstellen. Wenn bei den Damen maßgenommen wurde, war das Kind dabei. Er zog dann am Saum der Kundin und sagte im Kinderslang eines Dreijährigen: „Tante, anziehen, anziehen." Ein glückliches Kind, welches nun Klara als Bezugsperson ansah. Die Ladentür öffnete sich und Frank Marottke trat ein. Er hatte einen riesigen Rosenstrauß bei sich, der ihm fast den Blick nach vorne nahm.

Marga kam aus der Nähstube nach vorne und staunte nicht schlecht. „Soll ich mal raten, für wen diese Blumen sind, Frank?" „Ja, ja, Du weißt doch für wen, Marga", bemerkte Frank. Marga rannte aufgeregt nach hinten und holte Klara. Danny freute sich riesig Frank zu sehen und zeigte ihm sein neues Spielzeug. Klara kam herein und sah vor lauter Rosen nicht, dass Frank dahinter stand. Vor den Augen und Ohren der Kundinnen machte er ihr einen Heiratsantrag.

Alle jubelten und warteten gespannt auf die Antwort von Klara. Verlegen, aber mehr als willig sagte sie: „Aber da fragst Du noch, auf jeden Fall werde ich Deine Frau." Die Beiden umarmten sich und die Kundschaft jubelte. Der Termin beim Standesamt stand auch schon fest.

Ein paar Wochen später, gaben sich Frank und Klara das Jawort. Danny streute Blumen, als sie die Treppe hinunter gingen und ein Fotograph stand auch schon bereit. Die Fotos waren traumhaft schön. Die

beiden Eheleute erinnerten sich gerne daran, obwohl es noch gar nicht so lange her war. Erst ein paar Wochen

Frank und Klara

Der kleine Laden hatte so viel Aufträge wie nie zu vor und Danny begann, Klara, als seine Mutter anzusehen. „Mami, Mami!", rief das Kind eines Morgens und rannte in die Nähstube zu Klara. Klara liefen die Tränen über ihre Wangen, sie konnte nur noch den Kleinen auf den Arm nehmen und fest an sich drücken. Frank und Klara bewohnten nun die Wohnung im ersten Stock des Hauses von Rosa. Da hier zuvor Josefine mit dem Kleinen gewohnt hatte, verwandelten die jungen Leute diese Wohnung in ein schnuckeliges Zuhause. Hier musste man sich wohlfühlen und Danny ganz bestimmt.

Der Laden lief gut.

„Guten Tag, allerseits!", rief Frau Bremer in den Laden. Nach längerer Pause brauchte sie mal wieder etwas Passendes. „Was können wir denn für Sie tun, Frau Bremer?", fragte Rosa, freundlich wie immer. Die ältere Dame war wohl seit ihrem letzten Besuch in diesem Geschäft etwas aus den Fugen geraten. Marga kam schon, eifrig wie immer, und wollte den Bauchumfang von der Kundin abmessen. Frau Bremer bekam einen roten Kopf und fragte: „Woher wissen Sie denn, dass ich ein neues Kleid brauche, Marga." „Ach, ich dachte nur so", sie korrigierte sich schnell, denn sie wollte die ins Alter gekommene Dame, auf keinen Fall beleidigen. „Sie brauchen nicht weiter zu reden, Marga, ich sage hiermit laut und deutlich, dass ich zu fett geworden bin", lachte sie. Alle Anwesenden lachten auch und klatschten, weil Frau Bremer immer wieder in der Lage war, die Menschen aufzuheitern. Das konnte Klara jetzt gut gebrauchen, denn sie ahnte, dass in Kürze etwas

Schlimmes geschehen würde. Ihr war es gar nicht recht, dass Rosa wieder ein Rennen organisieren wollte.

Sie musste unbedingt noch einmal mit Rosa von Beck sprechen und das tat sie auch. „Rosa, kannst Du mal für einen Moment mit in meine Wohnung kommen, es ist sehr wichtig", sagte Klara. „Ja, aber ich kann doch hier nicht..." Klara ließ ihre Chefin nicht ausreden und meinte: „Ich bin sehr enttäuscht von dir Rosa. Du schmeißt alles, was Dir lieb war, einfach über den Haufen. Seitdem dein Fetter wieder aufgekreuzt ist, hast Du dich total verändert." „Du bist nicht mehr die Rosa von Beck, zu der ich mal aufsah, die mein Vorbild war. Dein Motorboot ist alles, was Du noch im Kopf hast, oder?" „Klara, bitte überlege genau was Du sagst, das stimmt nicht ganz", ärgerte sich Rosa. Klara redete weiter: „Denkst Du eigentlich noch an Deine Großmutter, der Du mit diesem mühsam aufgebauten Laden ein Denkmal setzen wolltest? Ich kann weiter ausführen, wenn Du willst und Dir vorwerfen, dass Dein Wort für mich keine Bedeutung mehr hat, meine Liebe."

Rosa schaute Klara an, jedoch ihre Augen drangen durch sie hindurch. Sie war in einer anderen Welt gefangen, aus der sie niemand befreien konnte. „Den Adoptionstermin für Danny hast Du einfach sausen lassen, obwohl Du Johanna versprachst, Dich des Kindes anzunehmen", ermahnte Klara sie. Rosa verlies augenblicklich die Wohnung. Ob sie wollte oder nicht, sie konnte nicht mehr zurück, nein, sie musste noch einmal beweisen, was in ihr steckte.

Klara und Frank waren glücklich in ihrem kleinen Paradies, so schien es zumindest. Sie hatten ansonsten keinerlei Verpflichtungen und wollten unbedingt den kleinen Danny adoptieren, denn die Zeit drängte und das Jugendamt machte ständig irgendwelche Kontrollbesuche. Frank beschloss, so schnell wie möglich einen Termin bei Notar Dr. Ludwig zu machen. Die Adoptionspapiere sollten eigentlich schon in der letzten Woche von Rosa unterschrieben werden, doch sie ging einfach darüber hinweg. Überhaupt hatte sie sich zu ihrem Nachteil

REGAL

verändert. Sie war nicht mehr die Rosa, die Frank kennengelernt hatte. Frank war darüber sehr deprimiert, aber Klara ging es auch so. „Ich glaube, es ist an der Zeit, dass wir noch einmal mit Rosa reden, sie muss uns die Verantwortung und Entscheidung für das Kind schriftlich geben. Schließlich wollen wir doch unbedingt, dass der kleine Kerl ein schönes Zuhause bekommt", sagte Klara. Es klopfte an der Wohnungstür. Frank machte auf und vor ihm stand ein dreijähriger kleiner, brabbelnder Knirps. Er sagte: „Mama und Papa, komm, komm."

Das Ehepaar musste weinen, denn das Kind kletterte alleine die Stufen zur ersten Etage hoch, nur um unbedingt Klara und Frank sehen zu können. Mit seinem Spielzeugauto machte er dann die Klopfgeräusche an der Tür.

Der Termin bei Dr. Ludwig im Notariat stand fest. Pünktlich erschienen die beiden und Holger Ludwig war erleichtert, denn er wollte den Fall endlich positiv beendet wissen. Es handelte sich schließlich um ein Kind und es war allerhöchste Zeit. Das junge Paar war pünktlich in der Kanzlei und alles andere war nur noch Formsache. Die Papiere waren unter Dach und Fach. „Allerdings müssen Sie damit rechnen, dass das Jugendamt noch einmal vorbeikommt", sagte der Notar. „Das werden wir auch noch überleben", lachten beide.

Rosa und Georg trafen sich täglich, um über das bevorstehende Rennen zu reden. Diese Veranstaltung sollte einzigartig sein und ist eigentlich nur auf größeren Gewässern geduldet. Doch eine riesige Summe Sponsorengelder machte es möglich, dass die Stadt ihr Einverständnis gab. Alles war bestens gesichert. Wie auch beim letzten Rennen starteten die Teilnehmer gegen Abend bei Flutlicht. Polizei und Ärzte standen bereit und die Zuschauer waren bestens gesichert. Es war kurz vor Weihnachten und die Aufregung war groß. Rosa glaubte immer noch ein sicheres Rennboot zu haben, aber sie lag falsch.

Es war soweit, die Startflagge ging nach unten und mit lautem Geheule der Motoren starteten die Boote. Sie schwebten förmlich und berührten kaum die Oberfläche des Wassers. Rosa von Beck geriet in einen panischen Zustand der Angst. Ihr gelang es nicht mehr, dass Boot unter Kontrolle zu halten. Der Motor heulte immer lauter und eindringlicher. Der Geschwindigkeitsmesser schlug aus. Rosa hoffte immer noch auf ein Wunder, doch sie irrte sich.

Georg von Beck musste von seinem Boot aus tatenlos mit ansehen, wie Rosa verunglückte. Ihre Maschine überschlug sich mehrmals, fing Feuer und explodierte. Eine unnormale Stille umgab die Zuschauer und selbst Sanitäter, Feuerwehr und Ärzte befanden sich in einer Schockstarre. Die junge Frau wurde im hohen Bogen aus dem Flammenmehr geschleudert. Letztendlich rettete man sie mit schwersten Verbrennungen und Knochenbrüchen. Schnell wurde sie in ein nahegelegenes Hospital gebracht. Sie wurde sofort versorgt. Georg von Beck verlor keine Zeit, sondern informierte umgehend die Mädchen in der Schneiderei.

Klara wurde zuerst mit der traurigen Nachricht konfrontiert. Die junge Frau bekam einen Schock, denn genau dieses Szenario hatte sie kommen sehen. Klara ging alles gleichzeitig durch den Kopf. Gut, dass sie und Frank die Adoption hinter sich gebracht hatten. Danny sollte auch von dem Unfall nichts erfahren. Das Kind sollte nicht schon wieder mit solchen schlimmen Nachrichten belastet werden. Georg von Beck schellte an der Wohnungstür von Frank und Klara an. Nach einem kurzen Moment öffnete Frank die Tür und zwischen seinen Beinen, lugte ein kleiner, dunkler Lockenkopf hervor. Es war Danny, der ausgelassen mit seinem neuen Teddy spielte. „Hallo, mit wem habe ich es zu tun?" fragte der junge Vater. „Guten Tag, mein Name ist Georg von Beck, ich bin der Vetter von Rosa" sagte er. „Ja, kommen Sie bitte herein, nehmen Sie Platz, Herr von Beck", sagte Frank. Er vermutete schon, dass ihm etwas Schlimmes mitgeteilt würde. „Herr Ramottke, Rosa ist in der

letzten Nacht lebensgefährlich mit ihrem Rennboot verunglückt, Ihrer Frau habe ich es schon gesagt", teilte Georg ihm mit.

„Sie wird im Krankenhaus bestens versorgt und die Ärzte tun alles um sie wieder auf die Beine zu stellen. Doch ihre Verbrennungen sind sehr massiv, sodass ich keine Hoffnung habe", meinte Georg. Schnell verabschiedete er sich wieder, denn der Zustand seine Cousine ließ ihm keine Ruhe. Von Tag zu Tag ging es Rosa schlechter, denn die Verbrennungen waren zu schwerwiegend.

Klara schloss den Laden um die Mittagszeit ab und schickte die Frauen nach Hause. An Arbeiten war unter diesen Umständen nicht zu denken. Sie ging hinauf in die kleine Wohnung, die sie und Frank liebevoll eingerichtet hatten. Ja, sie waren jetzt eine kleine Familie. Welche verzwickten Umstände dorthin führten, wollte sie auch Danny erst sagen, wenn er größer war. Rosa hatte schon ein paar Wochen vorher ein Gespräch mit Klara geführt. Es ging um ihr Erbe, falls Rosa etwas zustoßen sollte. In einem Testament hatte Rosa ihre Freundin Klara und Danny als alleinige Erben eingesetzt.

Angstvolle Tage verstrichen und aus dem Krankenhaus kam keine Nachricht. Doch eines Nachts klingelte das Telefon bei Frank und Klara. Man teilte den Beiden mit, dass Rosa die schweren Verbrennungen nicht überlebt hatte. Nach einigen Tagen Fassungslosigkeit, musste das Leben weitergehen. Klara erbte auch das Haus mit dem Lädchen und wollte unbedingt dieses Andenken weiterführen. Das Schild über dem Eingang, mit den Namen ***ROSA UND KONSTANZES SCHNEIDEREI****, wollte sie niemals ändern.*

Ein Jahr später bekam Danny eine kleine Schwester. Sie hatte lange lockige Haare. Das Blond ihrer Locken leuchtete in der Sonne wie Gold. Sie nannten das Kind Konstanze und wurden eine glückliche Familie.